BIBLIOTHÈQUE DE MES PETITS ENFANTS

UNE PETITE BOUDEUSE

BERNARDIN-BÉCHET, ÉDIT. QUAI DES AUGUSTINS, 31.

UNE PETITE

BOUDEUSE

PAR

A. DES TILLEULS

ILLUSTRATIONS DE A. DURUY

PARIS
BERNARDIN-BÉCHET, LIBRAIRE-ÉDITEUR
31, QUAI DES AUGUSTINS, 31

IMP BECQUET PARIS

UNE PETITE BOUDEUSE

On lisait hier sur une affiche placardée sur tous les murs de la ville :

UNE PETITE FILLE

Agée de cinq ans, blonde et d'aimable visage

VÊTUE D'UNE TUNIQUE BLEUE ET PORTANT LE NOM DE

VALENTINE DURAND

EST DISPARUE

Les personnes qui auraient quelques renseignements à fournir sont priées de les communiquer

AVENUE DES PERVENCHES, 51

Cette annonce produisit une grande sensation et des groupes se formèrent devant les affiches.

Cette annonce, comme bien vous le pensez, mes chères amies, produisit une grande sensation. Les groupes se formaient devant les affiches, et chacun faisait des réflexions sur cet étrange événement. Les mamans surtout se montraient fort émues et s'interrogeaient entre elles.

— Qui donc a pu ravir une enfant à sa mère? disait l'une.

— Elle a peut-être été volée par des bohémiens, ajoutait une autre.

— N'est-elle pas tombée dans la rivière?

— Je la connais, cette Valentine, assurait une grosse commère qui portait un panier. C'est une enfant gâtée. Je lui vends des oranges quand elle vient au Jardin des Plantes: elle ne les trouve jamais assez sucrées.

Les mères se montraient vivement émues et commentaient cet étrange événement.

La foule était encore plus considérable avenue des Pervenches.

Les agents de l'autorité faisaient circuler les curieux et ne laissaient approcher de la maison n° 51 que les personnes ayant des renseignements à donner.

Alice, jeune personne de treize ans, et sœur de Valentine, se tenait à la fenêtre et répondait à toutes les questions. Derrière elle, et assise dans un fauteuil, se voyait une dame d'un grand âge qui paraissait fort affligée et qui s'essuyait les yeux à chaque minute.

Les gens bien informés disaient que cette dame était la bisaïeule de la petite fugitive et qu'elle avait quatre-vingts ans.

La foule regardait avec pitié cette pauvre vieille.

Alice, sœur de Valentine, se tenait à la fenêtre et répondait à toutes les questions.

Les curieux n'ont pas appris grand'chose sur l'événement d'hier, et vous n'en sauriez pas davantage, mes chers enfants, si je n'avais pas l'honneur d'être allié à la famille Durand. Je connais l'aventure dans ses moindres détails et, comme je vous aime beaucoup, je me fais un plaisir de vous la raconter.

Ce qu'a dit la marchande d'oranges n'est point une calomnie. Valentine est — ou, pour mieux dire, était — une petite fille boudeuse et volontaire. Sa maman, sa grand'-maman, sa grand'grand'maman ne pouvaient rien lui refuser, et quand, par hasard, elles résistaient à ses caprices, Valentine faisait la moue et allait bouder dans quelque coin, durant des heures entières.

Quand on résistait à ses caprices, la petite fille boudait pendant des heures entières.

Le jour de sa disparition, Valentine était au Jardin des Plantes avec Nanette, sa bonne.

Le Jardin des Plantes, vous ne l'ignorez pas, est le rendez-vous du petit monde. C'est là que les enfants se rassemblent pour s'amuser; l'espace n'y manque pas, et mieux que partout ailleurs on peut y jouer à cache-cache.

Valentine, cette après-midi, ne rencontra pas sa société ordinaire. Elle en fut très-vivement contrariée et refusa de jouer avec d'autres petites filles qui vinrent l'inviter.

Ne sachant trop comment employer son temps, elle pria Nanette de lui acheter un gros ballon. Celle-ci s'empressa de la satisfaire et lança la balle aussi souvent que le désirait sa petite maîtresse.

Valentine, ne rencontrant pas ses amies, pria Nanette
de lui acheter un ballon.

Bientôt fatiguée de ce jeu qui ne l'amusait guère, Valentine jeta son ballon dans le jardin réservé.

Vous savez qu'il est défendu de pénétrer sans permission dans ce jardin.

Nanette pria l'un des gardiens d'avoir l'obligeance d'aller chercher le ballon.

Ce gardien, ancien militaire à moustaches grises, consentit de bonne grâce à rendre le service réclamé.

Valentine n'eut pas plutôt son jouet entre les mains qu'elle le lança de nouveau dans le même lieu.

Nanette, pour la seconde fois, dut faire appel à la complaisance du vieux militaire.

Celui-ci secoua la tête d'un air mécontent et demanda le nom de Valentine.

L'ancien militaire consentit de bonne grâce à rendre le service qui lui était demandé.

C'est ici que l'aventure se complique.

Je regrette bien d'avoir à révéler la conduite blâmable de ma jeune parente, mais comme je me suis engagé à vous raconter cette véridique histoire, je ne puis rien vous cacher.

Valentine, ainsi que tous les enfants gâtés, se plaisait à taquiner sa bonne. Aussitôt qu'elle fut en possession de son jouet, la petite contrariante le jeta pour la troisième fois dans le jardin défendu. Pour le coup, Nanette refusa de l'aller réclamer. Elle n'osait plus recourir au gardien, dont elle avait constaté la mauvaise humeur au froncement de ses gros sourcils. Valentine alors se mit à trépigner. La domestique ne cédant pas, la petite fille se roula par terre.

Nanette ne voulant pas céder aux exigences de Valentine, celle-ci se roula par terre.

La petite boudeuse quitta la domestique et se réfugia derrière un piédestal.

Nanette relevant la petite fille et l'asseyant sur ses genoux lui fit de sages remontrances. A toutes les observations de sa bonne, Valentine ne répondait que par des coups et cherchait à arracher la ruche du bonnet de la domestique.

Voyant cela, Nanette remit sur pied l'indocile enfant et l'appela méchante fille.

Celle-ci s'éloigna et s'en fut bouder derrière une caisse d'oranger.

La domestique, qui connaissait le caractère de Valentine, sortit un tricot de sa poche et se mit à travailler, tout en surveillant de l'œil les faits et gestes de la boudeuse.

Vers cinq heures, la bonne appela Valen-

Une bonne femme raconta qu'elle avait vu une petite fille seule auprès de la grille.

tine et lui dit qu'il était temps de rentrer à la maison pour dîner.

Ne recevant pas de réponse, Nanette se leva et fit le tour de la caisse d'oranger.

Jugez de son étonnement : la petite fille n'était plus là !

Nanette appela, cria : Valentine ! sur tous les tons; personne ne répondit. Elle parcourut le jardin dans tous les sens, interrogea les promeneurs, explora les plus petits coins et ne trouva pas Valentine.

Dans ce grand jardin où tant d'enfants courent, sautent et gambadent, une petite fille peut fort bien passer inaperçue.

Une bonne femme, pourtant, assura qu'elle avait rencontré une petite fille seule en dehors de la grille.

Valentine se glissa le long des caisses d'orangers qui garnissent les allées du jardin.

Laissons chercher Nanette et tâchons de savoir ce qu'est devenue la petite fugitive.

Valentine n'avait pas quitté le jardin.

Lorsque Nanette parla de rentrer au logis, l'enfant boudeuse abandonna sa cachette et se sauva bien loin en se glissant derrière les caisses d'oranger qui garnissent les allées du jardin.

Elle entendait parfaitement la servante qui l'appelait ; mais plus la bonne criait, plus la taquine précipitait sa course en évitant de se montrer.

Les personnes qui la voyaient courir s'imaginaient qu'elle jouait à cache-cache, et ne pouvaient guère supposer que Valentine imitait le chien de Jean de Nivelle, qui fuit quand on l'appelle.

La petite fille se trouva dans une galerie vitrée remplie de fleurs et de jolies plantes.

Arrivée au bout du jardin, la petite fille, qui entendait toujours sa bonne, se glissa sous une charmille et suivit un couloir en pente douce qui la conduisit devant une porte grillée, entr'ouverte en ce moment. Valentine franchit cette porte et se trouva dans une galerie vitrée, remplie de plantes et de fleurs de toutes espèces.

Rien n'était plus joli que cet endroit. Certaines plantes laissaient retomber leurs grandes feuilles comme des panaches, d'autres affectaient la forme des parasols chinois. Les fleurs, étagées par rang de taille, jetaient le plus vif éclat et remplissaient l'air d'agréables parfums. Au milieu de la galerie se trouvait un jet d'eau qui achevait d'embellir ce charmant refuge.

Le jardinier avait fait glisser les panneaux et la petite boudeuse était prisonnière.

Valentine était prisonnière !

La petite fille, qui avait voulu faire une niche à sa bonne, se trouvait bien attrapée à son tour. Elle avait fait la sourde oreille quand Nanette l'appelait; maintenant la petite contrariante aurait donné toutes les richesses de la terre pour entendre encore la voix de la domestique.

Valentine pleura, cria, trépigna, appela Nanette, papa, maman, personne ne répondit à ses gémissements ; personne ne vint la délivrer. Elle était seule, bien seule à cette heure, et ce lieu, qui lui semblait si délicieux quelques instants auparavant, lui parut alors une horrible prison.

Pleurez, pleurez, mademoiselle, le bon Dieu vous a punie.

Valentine pleura et appela son papa et sa maman; personne ne vint la délivrer.

Valentine admira ces jolies choses et regarda les petits poissons rouges qui nageaient dans le bassin, sans plus songer à la pauvre Nanette.

Lorsque l'enfant eut bien examiné chaque objet, elle pensa qu'il était temps d'aller rejoindre sa bonne.

La petite fille se dirigea vers l'extrémité de la serre.

Hélas ! cette galerie n'avait plus d'issues !

Tandis que Valentine regardait les poissons, le jardinier avait fait glisser les panneaux qui servent d'ouverture à cette serre, sans remarquer la présence de l'enfant.

L'ouvrier était d'autant plus excusable que personne, les professeurs exceptés, n'a le droit de pénétrer dans ce lieu.

Dans la maison de la petite fugitive, tout le monde répandait des larmes.

Valentine ne pleurait pas seule.

Dans la maison de son père, tout le monde répandait des larmes.

Lorsque Nanette vint annoncer la disparition de l'enfant, des pleurs jaillirent de tous les yeux.

A l'instant même, le papa et la maman de Valentine se précipitèrent hors du logis, afin de retrouver la fugitive. Nanette, quoique à bout de forces, les accompagna et dirigea leurs recherches.

Ils explorèrent le quartier du Jardin des Plantes, et interrogèrent les habitants; personne n'avait vu la petite fille.

A la nuit noire, les malheureux parents, brisés de fatigue et d'émotion, regagnèrent leur domicile.

Les parents trouvèrent leur petite fille endormie sur une couche de fougère.

Le lendemain, les affiches que vous avez pu lire au commencement de ce récit furent placardées.

Ce ne fut que vers onze heures que le papa et la maman de Valentine ayant pénétré dans la serre réservée, trouvèrent leur enfant endormie sur une couche de fougère.

Je vous laisse à penser quelle fut la jo de ces bons parents à la vue de leur chè mignonne.

Je ne sais si Valentine fut grondée mais ce que je puis vous assurer, c'es qu'elle n'est plus ni taquine ni boudeuse

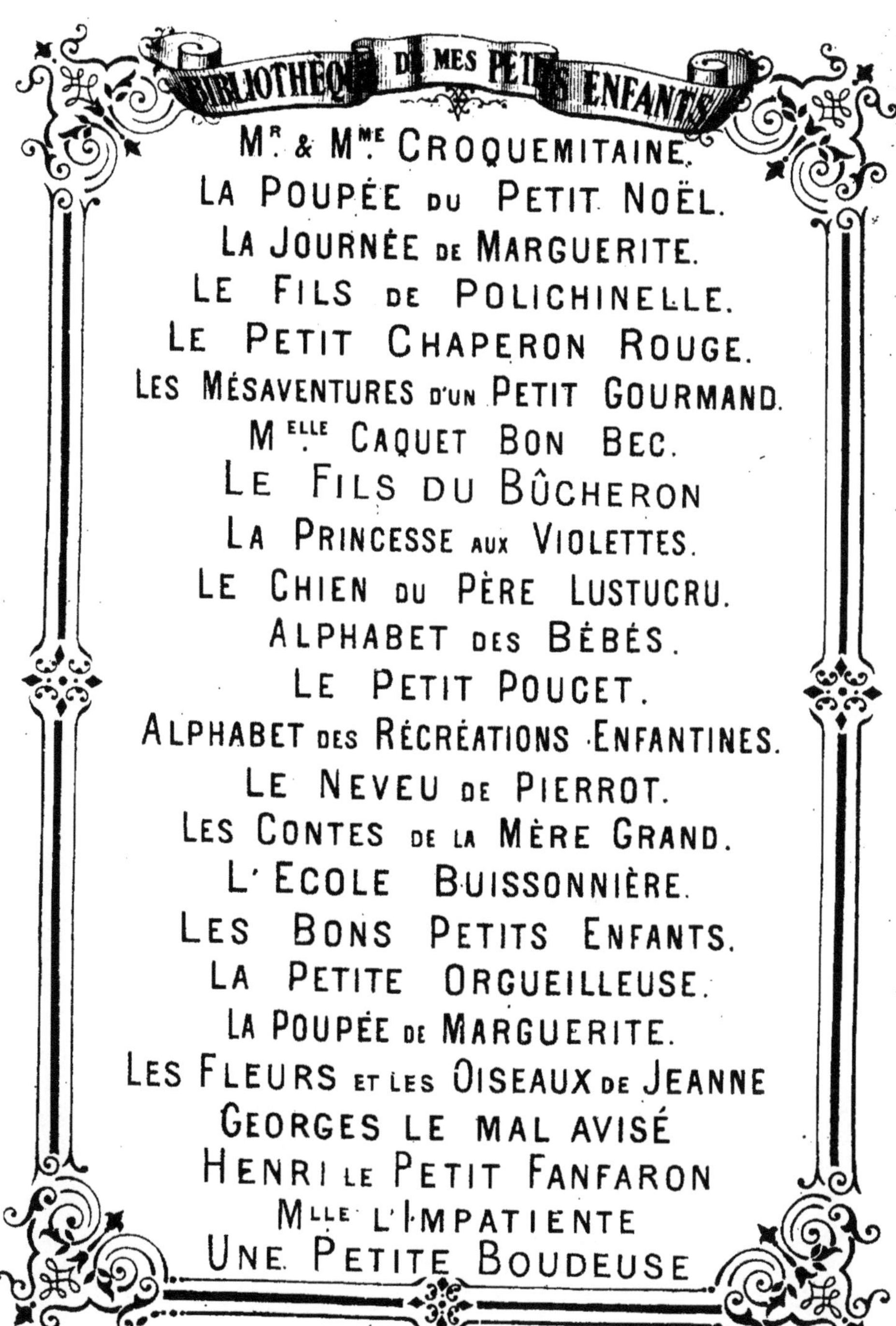
BIBLIOTHÈQUE DE MES PETITS ENFANTS

Mr. & Mme. CROQUEMITAINE.
LA POUPÉE DU PETIT NOËL.
LA JOURNÉE DE MARGUERITE.
LE FILS DE POLICHINELLE.
LE PETIT CHAPERON ROUGE.
LES MÉSAVENTURES D'UN PETIT GOURMAND.
Melle. CAQUET BON BEC.
LE FILS DU BÛCHERON
LA PRINCESSE AUX VIOLETTES.
LE CHIEN DU PÈRE LUSTUCRU.
ALPHABET DES BÉBÉS.
LE PETIT POUCET.
ALPHABET DES RÉCRÉATIONS ENFANTINES.
LE NEVEU DE PIERROT.
LES CONTES DE LA MÈRE GRAND.
L'ECOLE BUISSONNIÈRE.
LES BONS PETITS ENFANTS.
LA PETITE ORGUEILLEUSE.
LA POUPÉE DE MARGUERITE.
LES FLEURS ET LES OISEAUX DE JEANNE
GEORGES LE MAL AVISÉ
HENRI LE PETIT FANFARON
Mlle L'IMPATIENTE
UNE PETITE BOUDEUSE

Imp. Becquet Paris. p.v.

www.ingramcontent.com/pod-product-compliance
Ingram Content Group UK Ltd.
Pitfield, Milton Keynes, MK11 3LW, UK
UKHW021931190726
13853UKWH00002B/977

9 782329 613895